Impressum:

© 2024 Birgit Oßwald-Krüger

Cover, Illustrationen, Buchgestaltung und Satz: Birgit Oßwald-Krüger
Lektorat: Sabine Staub-Kollera

Verlagslabel: muscari Verlag

Druck und Distribution im Auftrag der Autorin:
tredition GmbH, Heinz-Beusen-Stieg 5,
22926 Ahrensburg, Deutschland

ISBN 978-3-384-11259-0

Birgit Oßwald-Krüger

Nasses Licht fällt
auf den Weg
wie eine Spur
für mich gelegt
vielleicht
ein Anfang.

Heute fand ich ihre Flügel
in einer alten Pappschachtel
zwischen zerbröselten Worten
und den Überresten
grobkörniger Fotos
die bis zur Unkenntlichkeit
verwaschen
zwischen Schwarz und Weiß
hin und her taumelten.

Monotonie
Pläne treiben
in gefasstem Raum
das Jahr der
Spaziergänge.

Bin ich nur
wenn du mich siehst?
Da draußen die Welt
kleine Kammer
im Kosmos.

Kein Geheimnis
hinter den Dingen
nur wir allein
verloren in uns
suchend
nach Bedeutsamkeit.

Mein Herz
hängt am Außenspiegel
meine Seele
frühstückt noch in Berlin
nur ich bin schon
unterwegs.

Wolkeneiweiß
blüht in wirbelnden
Wimpernschlägen
Himmelsrot flockt aus.

Masten biegen sich zu Boden
nehmen Verbindung auf
zum Asphalt
regennass
verweigert sich mir die Stadt
hinter spiegelnden Türmen.

Mein geflicktes Herz
beatmet vom All
Rosen verdorren zu Papier
Hintergrundstrahlung
der fliehenden Sterne.

Nebel senkt sich
durchs Astwerk
der entblößten Bäume
auf den See
wagt sich weiter hinab
bis zu den Fischen.

Heimat Berlin
meine Liebe
in zu großen Schuhen
nirgends ist der Winter grauer
der Sommerhimmel
nirgends blauer
große Schnauze
großes Herz
große Party
Katzenjammer
und jetzt?

Fingerspitzenkontakt
generiert Wärmebrücken
ich starte Energieübertragung
dein Feuermelder
schlägt Alarm.

Monochrom knistert
der Wald
um schwarze Lachen
zwischen den Stämmen
schimmert
Ereignislosigkeit.

Er trug dieselbe Jacke
wie damals
aber er war's nicht
geküsst habe ich ihn trotzdem
aber er weiß nichts davon.

Ich
Dilettantin
des alltäglichen Kopfsalats
erbreche Klischees
in fetten Rhythmen
das Saxofon ist tot.

Nackt
steige ich aus den Worten
selbst die Sprache meiner Augen
verstummt
vor der angeschwemmten
Traurigkeit.

Christrose
im müden Schnee
verirrtes Zwitschern
schmilzt erste Narben
ins Weiß.

Wenn ich träume
fliegt alles
mein Auge singt Sommerlieder
von Orangen, Sand
und dem Schaum
in versteckten Buchten.

Dunkel ist der Wintervogel
sein Ton perlt ab
von frierenden Fingern
in verbrannten Zelten
Asche trinkt aus den
Pfützen.

Manchmal
faltet sich die Stadt in der Fläche
und ich werde unsichtbar
zwischen Schwarz und Gelb
die Kontraste
von Nässe gebrochen
verschwimmen in den
auslaufenden Ampelphasen.

Taube im Schnee
grau auf weiß
auf und ab
nickt der Kopf
geht das Auge
nach allem, was fällt.

Schwarztaxi zum Mond
wann war das so
Daumen raus
und ab ans Meer
unsere Sehnsucht trug
Pappschilder.

War ich je so leicht
mein Haar so wild im Wind
Wolken wirbeln
Regen wäscht den Morgen blank.

Halbherzig
liebt die Rose
den Tag
nachts verklagt sie
den Mond
herzlos entblättert.

Maskierter Atem
ins Innere fallend
zurück zur Quelle
und über der Haut
liegt wie Dunst
das lange Warten.

Orion
deine Schultern
an den Himmel gestickt
Gürtel
auf schwarzem Samt
Major Tom
ruft Beteigeuze.

Verborgen in einem Satz
zwischen erstem Schrei
und letztem Wort
bringt sich das Leben selbst
auf den Punkt.

Im Unterholz
schläft eine Sphinx
aus Schnee
getäuschte Sinne
verwandeln
fluoreszierende Eiskristalle
in Glühwürmchen.

Parabolantennentanz
die Bilder der fernen Toten
gravieren Spuren
in unsere Albträume.

Noch unbewohnt
die Furchen des Ackers
in der Tiefe
dehnen sich die Stränge
grüner Versprechen
im Winterschlaf.

Schollentrift
verkanntet, zerborsten
im Schmelzwasser der Spree
Lastkähne warten auf Ladung
im 6-Uhr-Morgenlicht
Sonne überm Eis.

Zwischen Vorjahreslaub
und wuchernden Brombeersträuchern
gestern gelacht
heute vergessen
ein Kinderlied
hinter überquellenden
Mülltonnen.

Trockene
Sternsymmetrien
Samenstände tanzen
in Mänteln aus Reifkristallen
gefangene Reinheit des Sommers
flüstert
letzte Erstarrung
löst der Wind.

Die kleinen Flüsse sind gestaut
die großen stehen still
und an den Quellen
bleibt das Wasser
ohne Richtung
messe das Fließen
am Stand der Sonne
hinter den Wolken.

Schlieren auf schmutzigem Glas
ich sehe dich nicht
du siehst mich nicht an
spiegeln uns im Vorüberfahren
in verspäteten Zügen
Blicke abgelegt
auf leuchtende Weltempfänger.

Ich
träume
Ich träume wieder
träume wieder so viel
träume wieder so viel von dir
von dir träume ich wieder
immer wieder von dir
ich träume immer
immer von dir
nur von dir
von dir.

Vor dem Bett
ein Nachtmahr, mundlos
die Faust drückt schwer
auf deinen Adamsapfel
und Eva schweigt
in schweißgetränkten Laken.

Geäst graviert ins Licht
verloren
ist die dritte Dimension
nur die vierte fließt
grazil
in die Ebene
wo sie sich im Weiß
verliert.

Das Barometer fällt
und Regen
ein Zauberspruch fehlt
eine Flasche Wein
auch noch ein Kuss vielleicht
und deine Hand.

Steigende Fallzahlen
oder steil fallend
fallweise bedauerlich ungewiss
vorläufig läuft alles
aber wie weit
wie weiter
weiter geht's.

Zimt und Nelken
deine Haut ist meine Heimat
Gewürzinsel
in der Abenddämmerung
Strandspaziergänge
zwischen Lippen
Horizont
unter der salzigen
Wasserlinie.

Alles ist so weit entfernt
selbst die Länge der Straßen
verdoppelt sich täglich
wir gehen nur
bis zur Ampel
warten auf Paris
oder Moskau.

Ich habe den Wal gesehen
tot in einer Kirche
gestrandet
ein Wal
eine Kirche
Gesänge
von Engeln
von Menschen
in Ewigkeit.
Kommen Wale
in den Himmel?

Dort
wo wir gestern noch
uns aneinander hielten
Arm in Arm
Bruderküsse tauschten
geschwisterlich uns wärmten
liegt heute
verbranntes Gebiet.

Straff gespanntes Seil
Gaffer klatschen
wenn der Wind es schwingt
Füße überm Abgrund
die Sohlen brennen
Wolken versperren die Sicht
die Knoten lösen sich.

Keckernde Elstern
die erste Meise singt ihr Brautlied
Bräutigam im blauen Frack
liegt tot
unter Nachbars Katze
Schneeglöckchengebimmel.

Staubig laubt es
bröselt trocken auf den Wangen
letztes Blattwerk
noch erkennbar an den Rändern
kaum befahrener Straßen
bevor es sich
auflöst.

In zwei Welten
zerschneiden Gleise
die Stadt
scheiden aus
was nicht glänzt
lagern es ab
in Randexistenzen
darüber der Himmel
ist immer blau.

Lidschlag wildernd
gerichtet auf den Fremden
begehrlich
Leuchtfeuer in den Pupillen
irrlichternd und verwegen
Tagtraumsequenz.

Unsere Knöchel schreien
zwischen Zerbrochenem
das sich türmt bis zu den Knien
aus der Bahn geflogen
Drohnen sind keine Vögel
wir konnten mal fliegen.

Überall
Schallschutzwände
ungesehen
rauschen wir aneinander vorbei
mit überhöhter Geschwindigkeit
dem nächsten Fluchtpunkt
entgegen
der glitzert und lockt
dreh dich nicht um.

Liebkosungen
Stop and Go
Bekenntnisse sind nicht geplant
sprich es nicht aus
das Wort
schenk es einem Kind
dann geh.

Manchmal
wenn sie lächeln
sind sie wieder schön
so wie sie früher waren
als sie noch nicht wussten
dass sie sich nicht lieben würden
nicht so wie
jetzt.

Ein leuchtender Ballon
am Nachthimmel
Schlaflosigkeit wälzt Steine
in mein Bett
vollmondsüchtig
öffne ich die Tür
zum Garten.

Verzögerungen
im Betriebsablauf
Gedanken verlangsamt
durch Weichenstörungen
sortiere Lieblingsworte
eins rechts
eins links
eins fallen lassen.

Ping Pong
Plastikvögel springen
über geschliffenen Beton
es hallt zwischen den Blocks
unter Parkbänken
sammeln sich Flaschen
und durchfeuchtete Kippen.

Alles ist wie immer
auf der Rückseite
des Kaninchenbaus
wir trommeln auf die Polster
Teppich dämpft
die Sprünge unserer Wünsche
ins Bodenlose.

Geschrei verstummt
Schläge von innen
Töne gehärtet
wie Ton gebrannt
Scherben und Schluchzen
Weiches verbannt.

Muscari
liebste Freundin
heiter
erdgebunden
im traubenblauen Kleid
reich mir die Hand
zum Tanz
in Hyazinthennächten
voller Glanz.

Fremdheit
umflossen von Perlmutt
wird zur Kapsel
Schönheit erstarrt
verhärtet
glänzendes Objekt
Perle aus Pein
liegt dann
auf kühler Haut.

Nomaden sind wir
im Geist
auf dem Weg von Wasserstelle
zu Wasserstelle
Oasen sind Anomalien
in der Wüste
Worte in der Stille
oder das Schweigen
zwischen Worten
Abweichung des Sandes.

Lichtes Wäldchen
Birken leuchten
Stämme schweben
dicht an dicht
Ballett der tausend
weiß bestrumpften
Tänzer:innen
unsichtbar
maigrünes Haar
noch ist es März.

Räume und Gänge
gläserne Türen
keine Schritte
keine Schatten
kein Aufzug fährt
nicht hinauf
nicht hinab
nur die Heizungsrohre
pochen leise.

Geriffeltes Glas
Scharten und Schrunden
Röhren flackern
chiffrierte Signale
Licht versickert
in Rissen
streunende Wandelsterne
werfen Schatten
auf Wanddurchbrüche.

Blick
zurück
gebückt der Kohlenmann
es riecht nach Rauch
wie einst
die Ledergurte abgewetzt
steigt er die Stiege
mit Briketts
die Lunge trüb
im schwarzen Staub
strahlt noch sein Augenweiß.

Zwei im Park
in Bronze
kalt ist der Abendhauch
wenn die Lichter angehen
stehen sie noch da
Schlafplatz für die Krähen
und die Ratten.

Hipster
Hippies
Hypochonder
suchen
Liebe
Labsal
Leidenschaft
Laktosefrei
was immer
ich gönn es jedem.

Du
mein Zwilling
Blutsgeschwister
sprengst mit einem Wort
mit einer Geste
mich in tausend Stücke
heilst mit einem Lächeln
tötest und erschaffst
den Augenblick.

Dunkler Muskel
aus dem Schlaf gerissen
durch geheime Kammern
pumpend
Lebensfluss
sich selbst erneuernd
staut im Wachtraum
Dissonanzen.

Gartenstühle
warten auf Gesäße
säße doch endlich wieder
einer auf ihnen
und einer gegenüber
mit verliebtem Blick
Fingerspitzen tastend
zwischen Tassen
kleines
Herzzittern.

Alltägliche
Ausbruchversuche
zwischen Videokonferenzen
löse ich Worte
aus Narzissen
Regenwürmern
und verlassenen Feuerstellen
sequenzielle Hüpfer
verknüpfen Träume
mit elektrischen Impulsen
Fehlschaltungen möglich.

Da waren Berge
gegenüber
der Blick
riss an den Felswänden
ging nicht hindurch
nicht hinüber
sprang zurück
wie das Echo
verzerrt und
unverständlich.

Dort
wo in blauen Schatten
die Felsen raue Pelze tragen
durch Spalten Kälte atmet
der Berg
steig ich hinauf
passiere Schluchten
Täler, die im Dunkeln liegen
lasse frostbestickte Ufer
in meinem Rücken
glitzern
mich lockt die Höhe
taucht ins Licht
die Stirn
Sonne umarmt mich dort.

Ich feiere jede freie Frau
die sichtbar lacht
mit Händen
die nach allem greifen
bis keiner fragt mehr
warum sie
und koste aus den Stolz
der Schwestern.

An
Sommerabenden
warte ich
auf die Fledermäuse
diese kleinen Schatten
geisterhaft sich zeigend
flatternd
instabile Flecken
in der Dämmerung
vermischend Tag und Nacht
mit einem Flügelschlag.

Лето(Sommer)
eines nachts im TV
ich kenne die Zeichen
Ablagerungen
die sich wandeln
brechen auf
Sprache entpackt sich
Lieder sind Flügel
dein Mund singt
den Sommer
parallel und heiß.

Grimassen
vor dem Spiegelbild
Spiegelneuronen
auf der anderen Seite
eine Krähe
im besten Alter
zwinkert mir zu
Krähenfüße
schauen betroffen
spiegelverkehrte Erkenntnis
ich bin du.

In der Hand
der Tag
wie ein Apfel
duftend
geschnitten in Spalten
manchmal angestoßen
verfault im Innern
zwischen den Zähnen
die Kerne
Geschmack nach Marzipan.

Keine
Frösche
in diesem Jahr
ich vermisse ihr Rascheln
im Laub
die mühsame Wanderung
das Wunder der Wiedergeburt
am Grund des Mühlteichs
liegt ihr Gesang
gespeichert
im Schlamm.

Der Himmel
ein Baldachin
aus Nichts
das deine Augen mitnimmt
sie fallen lässt
für kurze Zeit
noch dein Körper
als Reflex
auf der blauen Kuppel.

Wahrgenommen
gewischt, gescrollt, gewählt
geklickt
geteilt
verworfen
vergessen
wahrgenommen
gewischt
gescrollt
gewählt
....

....

.

Ich hab so Lust
auf eine große Stadt
Gedränge
Lärm
und Lichter
Menschen
Haut und Schweiß
laute Musik
und später dann
den stillen Kuss
im ersten Morgenrot.

Will schauen
und sehnen
der Rausch bleibt aus
Dinge sind nur Metaphern
des Nichts
Regionen verblassen
leere Räume
stürzen sich von den Dächern
Schornsteine schweigen
Fenster trauern.

In meinem Kopf
der aufgebrauchte Tag
durch den Abfluss gerauscht
im Bodensatz finde ich
den kleinen Buddha
schenk mir Frieden
dort
wo ich in mir selbst
zu Hause bin.

Erwache
vom Regen
Tropfen
Null oder Eins
nasse Matrix
verflüssigt den Traum
es bleibt ein Schemen
substanzlos
flaues Nachwehen.

Erwachsen
seit wann?
Ich friere
häute mich
wieder und wieder
die Kälte bleibt
das dicke Fell
bleibt
aus..

Ein neuer Sound
ein bekannter Text
Erinnerung
wird defragmentiert
Déjà-vu
der Wünsche
abgewählte Möglichkeiten
explodieren
im Langzeitgedächtnis

Nachts
schreibe ich eigentlich nie
ich beobachte
dich
im Schlaf
meine Gedanken
fahren Straßenbahn
das Sirren der Oberleitung
klingt nach
in deinem Traum.

Wir treffen uns
im Café
manchmal
bist du wirklich da
an den anderen Tagen
trinke ich
zwei Espresso
Herzklopfen
Dopplereffekt.

Ein Schiff
mit weißem Rumpf
und roten Segeln
auf den Planken
tanzend
und
mit fester Hand
dem Sturme
trotzend
wie schön
das wär.

Schwarz
ist aller Farben Abend
dein schwarzes Haar
ist meine Nacht
deine Augen
sind
wie schwarze Lichter
sternenlos
mein Schlaf
wenn du ihn nicht
bewachst.

Bahnhofskälte
Hände in den Taschen
steh ich
schau frierend
auf die Zeiger
der Bahnhofsuhr
die kreiseln
zucken
zögernd weiterrücken
Perpetuum mobile
der Zeit
jeder Schritt
ein Fort-Schritt.

Heute
ist der Himmel
niedrig
das Wasser unbewegt
ein Brett
das nach Algen riecht
ich sammle
Treibholz
das im Dunklen leuchtet
bleich
wie die Knochen
prähistorischer
Tiere.

Mit dem Finger
stippe ich auf die Tastatur
die Autokorrektur
macht mir
zweideutige Angebote
der Abend
ist mild
ich werde sie
annehmen.

Trag
ein kleines blaues Weltall
in mir
meine Zuflucht
Himmel und Wasser
verschlucken meine Schritte
ferne Vögel ziehen
ihre Rufe
verhallen
mehrspurig.

Auf der Bank
ein Schläfer
im Winkel
eines unbenannten Parks
das Geräusch
seines Atems
legt sich schwer
auf das verlassene
Gestrüpp
das auf den Gesang
der Amsel
wartet.

Dort auf der Newa
Rückkehr von Walaam
das Schiff
schiebt sich
durch den Nebel
der uns einhüllt
wie eine Mutter
ihre frierenden Kinder
ein Wiegenlied
singend.

Ich kann
nicht
übers Wasser gehen
nicht
durch Baumkronen
spazieren
nicht
mit den Vögeln
sprechen
denn
du liebst mich
nicht.

Stimmen
vor dem Fenster
erste Kissen
auf den Gartenbänken
über unseren Köpfen
flattern die Rotorblätter
des Rettungshubschraubers.

Rede
von mir
was ich so tu
was ich so glaube
den Hörer am Ohr
du
ein fernes Knacken
ein leises Rauschen
ich weiß nicht
ich höre nicht
und du
hörst du mich
hörst du
mir
zu?

Alpträume
verkapselt in Kugeln
aus Stahl
füllen die Kugellager
meiner Lebensmaschinerie
ich teste sie
auf holprigen Betonpisten
bis sie hart
und glänzend
aus der Fassung
springen.

Der Ruf der Vögel
dringt mit dem Morgenlicht
ins Zimmer
ich hör den Kuckuck
seinen klaren feinen Klang
hinterm Wald
erheben sich die Felsenklüfte
Kuhglocken tönen in der Ferne
seh ihre Leiber stehn
am grünen Hang.

Vielleicht
sind Bäume
auch nur
sehr alte Vögel
fest ins Erdreich gekrallt
verwunden ihre Schnäbel
den Himmel
hacken ihn in Stücke
Blut sickert am Abend
durch die Wolken
befleckt die Unschuld
der geschlossenen
Jalousien.

Glühend
die Sonne
überm Dachfirst
tief die Schatten
in den Fensterleibungen
die Fassaden wissen nichts
von der Welt
sie starren in eine Richtung
endlos bis zum Abriss.

                    Was werden wir erzählen
                    über diese Tage
                    wer werden wir sein
                    morgen
                    Melancholia
                    geflügelt
                    auf den Wiesen
                    küssen
                    und küssen und
                    küssen
                    bis unsere Lippen
                    schmerzen.

Mein anderes Leben
liegt gleich
neben diesem hier
wechsle die Seiten
mit einem Lidschlag
der Vorhang meiner Wimpern
hebt sich
öffnet sich dankbar
allem, was ist.

Irgendwo
zwischen der Zeit
die vergeht
und der Zeit
die mir bleibt
versuche ich die Tage
ins Unendliche
zu dehnen.

Mein Herz
wandert aus
blinder Passagier
auf dem Containerschiff
verkantet
zwischen brüllenden Tierleibern
und verfaultem Gemüse
Rost
frisst unsere
Blechkistenzivilisation
die Wüste blüht nur
wenn wir
nicht hinsehen.

Sprach / Nachricht
ohne Widerhall
das Universum antwortet nicht
gehortet
meine Worte
verschollen im Vakuum
auf der anderen Seite
prallen Vokale
ungeordnet
gegen dein
Trommelfell
echolos.

Unwägbarkeiten
des Tages
von der Nacht umspült
Welle um Welle
brandet an
Mauern
deren Durchlässigkeit
täglich neu
verhandelt wird.

Zuckerwatte
an den Fingern
zwischen den Zähnen
glitzern Splitter
rot kandierter Äpfel
überm Kopf schnurrt
das Kettenkarussell
Bewegung
verzerrt die Vergangenheit
zu verwaschenen Streifen
im flackernden Licht
der Geisterbahn.

Hagel
schmutzig weiß
vor dunklen Wolken
gekörntes Eis
holt die Hummel
vom Himmel
pelziges Leben
in meiner Hand
Absturz
beim Landeanflug
bald zähle ich wieder
die Rufe des Kuckucks.

Weiter Horizont
über Koppeln und Weihern
geschorene Weidenköpfe
im Gegenlicht
Zugezogene
pflanzen Kartoffeln
und Zuckererbsen
Landlustträume
im Lockdown
Ostermontag
gottlos
im Paradies.

Hinter den Lidern
nächtliches Flackern
Morgen unterm Vorhang
sanftes Licht
berührt meine Wange
Staub tanzt
im Raum
gravitätisch
ohne Schwerkraft
Schönheit der Materie
schwebende
Ewigkeit.

In den Heizungsrohren
klopfen geheime Gedanken
sie pochen und hämmern
in allen Windungen
ausgestreckte
Temperaturfühler
summen
die KI
gibt den Takt vor
ich vergesse das Draußen
unter der
warmen Dusche.

Schweigen
oder Widerspruch
jongliere mit Worten
vorsichtig
Fallen ausweichend
Verletzungen
unausweichlich
entscheide
verzeih
versteh
oder geh.

Identität (meine)
menschlich
nicht mehr
und nicht weniger
voller Liebe für dich
sing ich
in meiner Sprache
hör deinen Gesang
zeig mir dein
Menschengesicht
mehr brauch ich
nicht.

Regen fällt
hart auf Zinkblech
in kalte Nässe eingeschlagen
ist das Haus
Wasser rinnt
von drinnen nach draußen
nach drinnen
über Treppen
tropft auf Teppiche
vielleicht
morgen.

Folge
dir immer noch
schlafende Worte
in zerrissenen Briefen
erinnerst du dich
an mein
früheres Ich
wenn wir uns treffen
verschwindest du
hinter deinem
jetzigen
wie ich
dich vermisse.

Der Wind
jagt durchs Haus
wie ein wildes Kind
öffnet Türen
lässt Fensterflügel schlagen
wenn er sich legt
auf zerborstenem Glas
werden wir
heute
noch ganz sein.

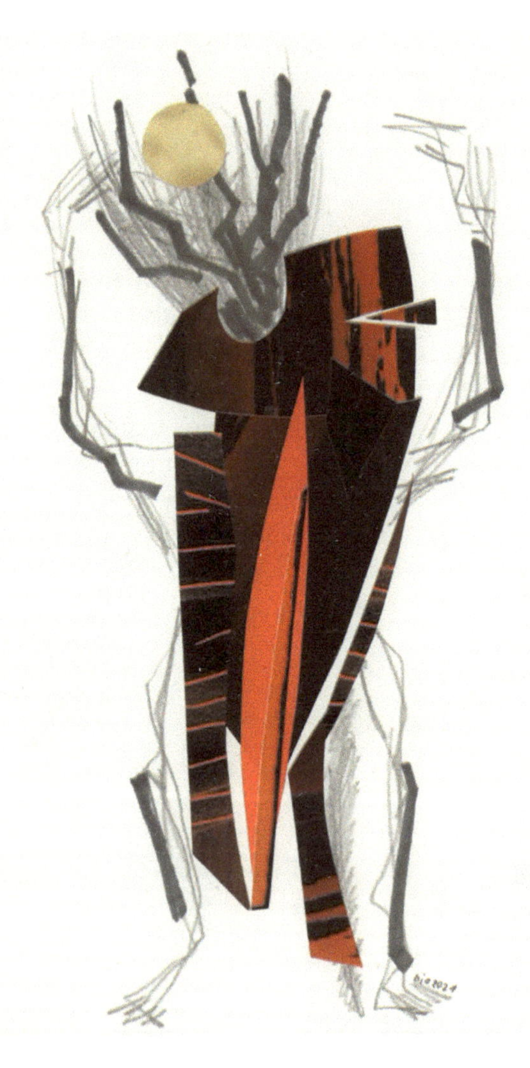

Da geht er
der Mann, der schreit
Voodoozauber
wachsgeformter Schmerz
Nadel aus Stahl
der schreiende Mann
geht
ruft den Mond an
hinter der Stirn
unter den Sternen
sitzt ein Sperling
sitzt eine Taube
Ruggedigu.

Menschen schlafen
auf Bänken
in U-Bahnhöfen
schreien
in Mobiltelefone
verschütten Kaffee
aus Pappbechern
Berlin erwacht.

Schlafwandler
mit Pupillen aus Lava
jedes Haus hat seinen Geist
hinter der Wand
liegen verschwiegene Tote
gewickelt in alte Zeitungen
konserviert
für Generationen
die vergessen
wollten.

Haut ist Schmerz
und Verlangen
niemals falsch
Pigmente der Liebe
Hass hat keine Farbe
entfärbt
alles Lebendige
zu Asche.

Es sind Lücken dort
wohin ich atme
doch du füllst meine Lunge
so leben wir aus einem Brustkorb
es sind Risse da
woraus ich träume
dein Blick streut Gold darüber
manchmal Staub
der wiegt schwerer.

Menschen in Zügen
Lichtreflexe auf
Oberleitungen
ich beneide jeden Reisenden
um jeden Ort
den ich noch nicht sah
um jedes Gesicht
hier oder dort oder irgendwo
um jedes unerhörte Wort.

Der Tag entlässt mich
in den Abend der Forsythien
entlässt mich in die Nacht
der Kirschblüten
Vollmondabend
Sternennacht
ferne Nacht
hohes Tor
Schritte versinken
im Rhythmus
Blütensterne strahlen
gelb und weiß.

Durch die
verhangenen Fenster
gesehen
ist die Zeit nur milchiges Licht
auf dem Boden
ein träger Fluss
der meine Füße umspült
meine Füße
mit den unlackierten
Nägeln.

Wenn ich schreibe
bin ich weder wach
noch schlafe ich
wenn ich schreibe
ist weder heute
noch gestern
morgen ist längst vergangen
wenn ich schreibe
im Auge
des Metronoms.

Das Meer
greift tief ins Land
der Fluss drängt
ihm entgegen
ich werfe mich
wie eine Angel weit hinaus
an fernen Stränden
stehen Kraniche
die Fische fliehen
in die offene See
Goldbrassenschuppen
leuchten wie Münzen
in der Sonne.

Sie pfeifen schon
trillern unterm Dach
und in den Büschen
auf kahlen Zweigen
über allem weht
das Tuch aus grüner Seide
deckt Quelle und Schlüssel
flüchtiger Atem
der großen Zauberin.

Komm
mir nicht zu nah
noch seh ich
deine Fußabdrücke im Beton
Kratzspuren auf der Haut
sing nicht die Liebe
wenn in deiner Magengrube
ein Bass den Rhythmus schlägt
und jedes Riff
uns neue Risse
schneidet
in den Rumpf.

Ja
es ist leicht
es schwer zu nehmen,
wenn es schwer ist
doch ist es schwer
es leicht zu nehmen
wenn es uns nach unten drückt
wenn wir durch all die Schwere
nur gebückt noch gehen
wie schwer fliegt es
sich mit Gewicht
ich will es
trotzdem.
Ja.

Heute
ist ein guter Tag
der Wind zerzaust
die Haare der Kinder
ein Bärtiger spielt Saxofon
die Töne verfangen sich
in den Speichen
meines Fahrrads.

Zitternd
vibrierend
Augen scheitern
an der Membran zum Morgen
eine getigerte Nacktschnecke
verklebt die Gegenwart
glitzernde Kriechspur
der Tag haftet
an den Füßen
schmatzend
zieh ich die Fersen
aus dem Schlamm.

Der
angestrengte Versuch
dir zu genügen
hielt mich davon ab
dich zu lieben
ich rede schon wieder
im Traum
mit dir.

Alles
alles ist schön
überall Schönheit
Haut so weich
Glut hinter geschlossenen Augen
blau oder braun
um die Knöchel des Jungen
in Chucks
der mich nicht beachtet
streicht mein Blick
dafür wurden Sonnenbrillen
erfunden
ich lebe.

Das Licht steht auf
mit mir
wenn ich die Augen öffne
streif ab die Nacht
steig aus deiner Wärme
meine Netzhaut
sehnt sich nach der Sonne
will leuchten in den Tag.

Du
sprichst im Schlaf
von ihr
schlaf, schlaf
ich warte
warte immer
auf deine Küsse
am Morgen
morgen
ganz sanft
besänftigen mich
deine Lippen.

Du sagst
ich spreche im Schlaf
von ihr
glaub mir
das bin nicht ich
im Schlaf
und morgen
wenn wir erwachen
besänftigen dich
meine Lippen.

Wann sind wir
verblasst?
Waren kleine Sonnen
mit allem Sinnen
spielten zwischen Sternen
und Dreck
kletterten
mit der Räuberleiter
aufs Garagendach
und von dort
direkt in die Wolken.

In allem
was ich bin
suche ich dich
zähle Gene
und Verstand
beobachte Haltung
teste die Möglichkeit
zu verletzen oder
zu lieben
bleibst mir in allem
fremd
und nah
zugleich.

Seidig glänzt
dein rotes Kleid
geheime Königin
strahlst aus der Tiefe
zart entblößt
schimmern deine Schultern
bewegst die Hüften
bis die Blätter fallen
deine kühlen zarten Feuer
glühen noch
in meinem Garten.

Farnkrauts
gerollte Köpfchen neigen sich
wispernd
ihre gezahnten Mäntel
hüpfen und schwingen
Blattgespensterchen
verwurzelt
neben blauen Lilien
ihre unverschämte
Landnahme
zwischen den Funkien
gelingt
bis die Gärtnerin
Platzverweise
erteilt.

Gepafft
wird elektrisch
mit Vanille oder
Pfefferminz
bist du heute noch
mein Prinz
die dicke Cohiba
im Mundwinkel
zelebrierst du dich
gelegentlich
an Sonntagen
Rauchen
ist so
80er.

Jemand rasiert sich
am offenen Fenster
Rasierschaum
weiß wie Schnee
die Klinge zieht ihre Spur
rot wie Blut
hinter Vorhängen
treiben tote Fliegen
in halbleeren Gläsern.

Muren
am Hang
grollende Steine
scheinbar gehärtet
vom Lauf der Jahre
stürzen dann doch
hinab ins Tal
donnern über alles hinweg
schieben Geröll und Erde
vor sich her
stauen den Flusslauf
begraben unter sich
alles Lebendige
enden im Schweigen.

Wir verkaufen Maschinen
wir sagen
es sind doch nur
Maschinen
die schützen
die Frieden erhalten
die Arbeit geben
indem sie
töten.

Betäubt
atmet der Bahndamm
unter einer Fliederwolke
Erinnerungsdämpfe
steigen auf
Pappelwolle liegt
kniehoch im Supermarkt
verstopft die Saugdüsen
der Industriestaubsauger
die plötzliche Stille
schneidet
wie ein Messer.

Präzise bist du
Menschenfresser
undercover
schlägst du zu
lächelnd
zerfleischst du
lächelnd
stehst du
auf den Bühnen
der Welt.

Über den Dächern
leben die Tauben
unter den Dächern
wohnen die Gewehre
komm Taube
komm in meinen Garten
unter den Olivenbaum
bevor dein Blut
in den Sand rinnt
wächst ein Ölzweig
aus meinem Herzen
bevor mein Blut
in den Sand rinnt
wächst ein Ölzweig
aus deinem Herzen.

In meinem Kopf
die dunkle Kammer
entwickelt Bilder
sie begehren Einlass
lassen Begehren ein
in meine Träume
ich stelle keine
Bedingungen
ich tanze mit den Bildern
dann blättert Farbe
von einer alten Holztür.

Gegenstände unter
Gegenständen
sind wir
Dinge rahmen uns
Häuser, Autos
Kleider, Ringe
als Nabel der Welt
lassen wir Materie
für uns tanzen
benutzen
vernichten
uns selbst.

Unsere Vorfahren
haben Inschriften
in die Sonne geritzt
feurige Engel am Himmel
solange sie leuchten
wird es
keine Asche regnen
solange ihre Flügel
sichtbar sind
werden wir uns
erinnern.

Folge dem weißen Pfeil
geradlinig
komm nicht ab vom Weg
tritt nicht auf die Linie
stolpere nicht über den Stein
über Zahl
über Los
wer spielt, verliert
zielt auf die Null
ins Unbekannte
weißer Pfeil
oder weißes Pferd
oder doch
weißes Kaninchen?

Ziehe durch, ziehe durch
durch die goldene Brücke
durch die goldenen Tage
wir hielten unsere Hände
standen barfuß in Pfützen
mit unschuldigen Augen
deine waren schon
in die Ferne gerichtet.

                    Sie geht
                    geht durch die Gänge
                    geht durch Straßen
                    geht immer nur
                    geht
                    ohne woher
                    ohne wohin
                    Pappbecher
                    Münzengeklapper
                    kein Bett zur Nacht
                    sie geht
                    wir gehen
                    vorbei.

Wenn ich geh
geh ich jeden Schritt
auf der Slackline
Kind auf dem Seil
unter mir der Regen rinnt
eins zwei drei vier Eckstein
gehst du weg
lauf ich ums Eck
versteck mich
in deinem abgelegten Duft
kehrst du zurück
sei zärtlich.

Auseinander fallen
immer wieder fallen
aus - ein - auf - ab
steigen
fallen
sich zusammennehmen
immer wieder
der Gong für die nächste Runde
bin ich bereit
oder
Decke
übern
Kopf.

Synapsenballett
zwischen
zwitschernden Neuronen
tanzende Gedanken
singen vergessene Lieder
von Kindheit
in einem Land
vor unserer Zeit
leuchten im Strom
der Bilder
die verblassen.

Dann geht
der Blick zurück
leicht getrübt
ein feiner Schmerz
aber kein Bedauern
Erinnerungsräume
halten Wärme
und Schwere
in der Schwebe
Herkunft ist nicht
verhandelbar
Ankunft
vielleicht.

Ein Brautschleier
nachlässig
über Hecken geworfen
fällt schwer
und regennass
Blütenkonfetti schwimmt
wie Meerschaum
auf Pfützen
tief hinab
neigen sich die Rispen
der Spiraea.

Es glitzert
als Kinder suchten wir Katzengold
funkelde Pünktchen
in staubigen Steinen
zum Glück
brauchte man nur
den Sommer
warmes Pfützenwasser
und eine Wiese
das Gras
stand
achselhoch.

Junimond
der Sommer ist da
Fliederblüten
im Mund
Geschmack von Honig
Mohn auf den Feldern
ich warte bis die
Samenkapseln reifen
streu den schwarzen Zucker
auf staubige Straßenränder
rote Blüten und Hundedreck
in der Ferne wabert
Imbissbudengeruch.

Leere Fenster
leere Himmel
leere Straßen
im roten Kleid
die rote Blüte
zwischen den Fingern
Mohn oder Rose
Wind oder Schnee
mit leerem Blick
den nackten Rücken rinnt herab
die Zeit
traurige Flüsse
auf dem Weg zum Meer
wo alles
alles wird
entlang der Gezeiten
wo die Zeit verebbt.

Am Rand
der Zivilisation
verblassen
nasse Konsolen
Rücklichter schimmern
im Asphaltspiegel
wie künstliche
Edelsteine
im Plastikdiadem
der Stadt.

Ohne Flügel
ich allein und
der Himmel über Berlin
Bruno, Otto und Nick
Engel in der Nacht
grenzüberschreitende
Sehnsucht
ist durchlässig
mein Herz
neigt sich fahrlässig
zur (falschen?) Seite
was den Blick begrenzt
sendet mich doch
geradewegs
hinaus
in die Weite.

In Milch getränkt
ist der Himmel
über vergrautem Gras
Eidechsen
werfen ihre Schwänze ab
ein Schillern gräbt sich
in den Sand
nur die Fliegen
glänzen noch
satt.

Es weht
wie sommerweiche Seide
taumelnd, flatternd
handtellergroß
ein Blütenblatt
vom großen roten Mohn
mir vor die Füße
gerade noch
das Schönste
wird es
getrocknet und gebleicht
gepresst
im alten Kochbuch
zwischen Sauerkraut
und Kasslerbraten.

Aufgefalteter Ort
unzählige Dimensionen
das Vertraute
wird fremd
wir fremdeln
in Sicherheit gewiegt
über Abgründen
und all den stillen
Grenzübertretungen
unserer einfältigen
Doppelleben.

Sie stellten
das gute Porzellan
in den Schrank
ganz nach hinten
für die hohen Feiertage
jetzt steht es im Keller
Goldränder träumen
von Tafeltüchern
und der guten alten Zeit
du hast Angst
dass der Geschirrspüler
das letzte Gold
von der Erinnerung
schleift.

Du antwortest nicht
ich frage nicht
du bist nicht groß
klein bist du, wie wir
voller Kleinmut
warum hast du zugelassen
dass der Mensch sich ein Bildnis macht
eins im Norden, eins im Süden
eins im Osten, eins im Westen
und dabei vergisst
dass hinter jedem Bild
dasselbe Universum
vor sich hin kichert.

Die Fremden
im Garten
Knospen mit Bocksbärten
zur Spitze gedreht
Pinselohräffchen aus Gras
namenlos zwischen Margeriten
versteckt hinterm Wegerich
seid mir Gäste
für einen Sommer
die Sense
kann warten.

In den großen Häusern
suchen wir einen Ort
für unsere vielen Gesichter
spiegeln uns in jeder Scheibe
schauen in alle Spiegel
am Abend führen wir
tiefe Gespräche
mit uns selbst
der Wein leuchtet im Glas
wir prosten uns zu
doch wir
begegnen uns nie.

Gedanken treiben
in den fließenden Schatten
was geschieht in uns
was bröckelt und reißt
all die Risse
Verstand kopfüber
links auf rechts gedreht
leergedacht
Fremdheit nistet sich ein
Logik, du heißgeliebte
ich vermisse deine Kühle
die Tage überhitzt
Brandherde überall
der Wunsch zu verstehen
weicht dem Kampf
der Mythen
um unser Herz.

Farbiges Glas
violett im Augenwinkel
Bässe in der Magengrube
Körper und Schweiß
Raum getränkt
von unseren Blicken
Augenweiß leuchtet
im Schwarzlicht
Atem stößt an Atem
Hirnvibration
Herzprickeln.

Ein Faun rekelt sich
unterm Rhabarberblatt
der Sommer füllt unsere Speicher
mit Tagträumen in Zitronenmelisse
Finger im Oreganobett
zwischen den Zehen
wächst Minze
der Tag steigt aus dem Organzakleid
trägt seine ganze Nacktheit
zur Nacht
durchlässig jetzt
die Grenze zwischen
Vernunft und Spiel.

Vogel
an meiner Kehle
trinkt von meinem Atem
wie Brei fließt die Hitze
um meine Hüften
den Nacken hinab
löscht ein salziger Fluss
brennende Wirbel
glitzernde Feuchtigkeit
verbirgt sich
in den Kniekehlen
trink von mir
ehe wir verdursten.

Was denkt mich da?
Bots senden Botschaften
Gehirnzellenflimmern
ist da draußen jemand?
Schwachstellenverkabelung
Tunnelrouting
Bits bilden Bilder
pixeliges Wellenrauschen
Übertragungsabbruch
die Wächter
schlagen Alarm.

Gegenüber
am Bahndamm
Schotter
Splitter
dazwischen
zittrig
zwittrig
bewegt sich ein Stein
ein Stein mit Schwanz
eine Maus
ein Stein
kleine Steinmaus
Stein mit Sommerfell
Fellstein hell.

Bleib ich draußen
umrunde den Rahmen
die Stirn wird zur Wunde
stoße an
an Wände
an Ecken
ecke an
bin gezeichnet
bin auf der Spur
finde mich im Verlieren
falle im Finden
aufgefunden
verzweige ich mich.

Wenn
der Frühling kommt
blühe ich
wenn
der Sommer kommt
reife ich
wenn
der Herbst kommt
lege ich mich
in den Nebel
wenn
der Winter kommt
träume ich
vom Frühling.

Schlaflos
nur das Laken
trennt mich von der Nacht
Mondlicht
in Brauen und Haar
Distelaugen
barfuß
unter Sternen
Lippen und Flügel
erhitzt vom Tag
die Haut
schlafwandelnd
im Moos.

Lilie und Rose
Lilith
Dornen
sind dein
Abschiedsgeschenk
Schmerz
straight to the heart
in Vollmondnächten
rauscht es
in den Lüften
Flügel aus weißem Satin
Flügel aus rotem Stein
Flügel aus Feuer
auf den Lippen.

LEDs funkeln
hypnotische Sterne
meine Worte
aus deinem Mund
Rückkopplung
nach Fehlstart
leuchten wir jetzt neu
gefangen doch
in unseren Himmeln.

Kleiner Vogel
Unbekannt
fliehst in der Katzennacht
in meine Arme
die zum Himmel fliegen
mit dir
oder nur aufs Dach
wo wir sicher sind
du in meinen Händen
ich in deinen Augen
sing noch etwas
bevor wir
stürzen.

Was gibst du mir
ohne dich zu verschenken
bleibst ganz bei dir
deinen Garten
darf ich nicht betreten
drehst dich nicht um
doch
bist du stets bei mir
ich werden warten
und blühen
in Gedanken
für dich.

Regen
duftet
Feuchte stäubt
erst fein
dann platzen Tropfen
dick wie Trauben
zerschlagen Blüten
Sommerschnee
im Rinnstein
rinnend - reißend - strömend
Zweige nässeschwer
brechen
Wasser tobt
rauscht
füllt die Luft.
Regen.

Ich sammle
Schachteln
bewahre die Leere darin
das Universum
kalt und voller Erwartung
achte die Leere
Quelle der Fülle
lehr mich zu sein
lehr mich zu sehen
füll mich mit Denkbarem
dankbar bin ich
denkbar auch.

Auf meine Schulter
fällt ein Schweigen
deine weiße Hand
auch leise Stimmen
horizontlos
Blicke gleiten
Abend schwebt herab
gewiegt in deinen
weichen Armen
Fledermäuse
tanzen schwankend
auf und ab
am Schattenrand.

Phasenweise
blinzeln Ampelaugen
an toten Kreuzungen
liegen ausgeweidete
faradaysche Käfige
der Blitz hat längst eingeschlagen
farbenblind
kratze ich
die letzten Lackreste
vom Brot.

Immer lächelst du
wenn ich nicht hinschaue
ich muss dich
loslassen
Gespräche
vor dem Einschlafen
geh endlich
ich kann dich nicht
loslassen
jede Umarmung
Tod und Wiedergeburt
ich will dich nicht
loslassen
dein Atem fließt durch meine Lunge
deine Augen sehen meine Bilder
deine Hände halten meine Tage
dein Mund spricht meine Wahrheit
ich werde dich
loslassen
am Ende.

Wie viele Finger
hat der Wind
wie duftet ein Engel
am Nachmittag
brennen seine Lippen
beim Küssen
und die Flügel
die Flügel
nimmt er sie ab
wenn er
sich zu mir legt?

Deine Füße
Schritt für Schritt
barfuß stapfend durch Sand
schleppend in schweren Schuhen
tanzend in feinem Leder
Feldwege
Anstiege
Brücken
Straßen
Pfade
Treppen
Fliesen
Parkett
Beton
Dielen
Kies
und einmal
das letzte Paar.

Der Phlox
steht als Phalanx
in dichten Reihen
Rosé und Weiß
erobern meinen Garten
über grünen Lanzen
sanft und leis
auf geraden Stängeln
nicken seine Köpfchen den Takt
zum Tanz der Bienen
brecht Stahl
löscht alle Feuer
meine zarten
Kriegerinnen.

Die Wärme ist
flacher geworden
steigt kaum
bis zu den Knien
der Sonne Glut
berührt die Tagesmitte
dann bricht sie ab
was waren das für Tage
als ich brannte
bis zur Brust
vom Licht geflutet.

Still rinnt der Regen
bemoost innen und außen
die Zeit
die Alten schon überwachsen
während die Jungen
sich darauf lieben
es lachen die Mädchen
mit den grünen Haaren
tragen in sich
die kommenden
hundert Jahre
Einsamkeit.

Blasses Kind
deine Schritte
sind Licht
auf Tropenholzplanken
könntest übers Wasser gehen
doch du ertrinkst
in den nächtlichen Beats
deine Lider zucken
und der Stoff
schwingt wie ein Schatten
immer einen Schritt
zu spät und
ein Schweigen
zu früh.

Die Wiese
wiegt ihre Wunder
schaukelnde Gespiel:innen
des Windes
ich kann nur schauen
zählen kann ich sie nicht
oder zähmen
ich bin nur
ein Mensch.

Fingernägel
Fußknöchel
Augen
immer wieder Augen
und Brauen
manchmal nur Sonnenbrillen
im Hintergrund
träumen die Lippen
Karmesinrot
verfärbt
die Schneidezähne
ich summe
lächle dich an
presse meinen Mund
aufs
Fensterglas.

Ich sende dir
Nachrichten
eine getönte Wolke
jeden Morgen
ich sende dir Nachrichten
die du niemals liest.

Wärme des Tages
Graffiti der Nacht
vergiss das Morgen
jetzt ist hier
Tonspur der Lust
swingt übers Pflaster
schnipp mit den Fingern
kreise die Hüften
jetzt ist hier.

Blaue Signale
auf müden Gesichtern
Kippen und ein kleines Bier
Stimmen murmeln
über stoppligem Gras
Nachhall des Tages
Spielplatz
im Mondlicht.

Spüren noch
im Dazwischen
in den Furchen
im Vergeblichen
Schönheit
Welt welkt
kaum gekeimt
Wahrheit bewahrt
im Setzling
Entsetzen fegt
toten Sand
zusammen.

Ich will
dein Clown
dein Hofnarr sein
und spiegelst du mein Lachen
hüpft mein Herz
ein kleiner Vogel
klopft an meine Rippen
unter meiner Maske
meinem Narrenkleid
keimt ein Lächeln
Vöglein sing
bis meine
Maske fällt.

Sprich nicht
schrei nicht
taumelnd im eigenen Echoraum
Wände stehen nicht still
Grenzen, die den Blick verstellen
Blicke, die Grenzen setzen
schau mich nicht an
wirf mich in den Wind.

Ich
umarme dich
lege meine Hände
auf deine Schultern
presse mein Herz
an deine Rippen und
überschreibe dich
wieder und wieder
lösche dich mit jedem Handschlag
lösche dich mit jedem Lächeln
lösche dich mit jedem Kuss
bis zum nächsten Mal.

Ein Wort
in der Mundhöhle
ich ertaste mit der Zunge
seinen Geschmack
ein anderes pflücke ich
vom Kirschpflaumenbaum
ich will auch dieses schmecken
beiße ein Stück ab
saftig tropft der Sommer
von meinen Lippen.

Trauben und Pflaumen
trau ich dem Blau deiner Augen
ausgelaugt
schau ich im Traum
deine Augen
flimmernde Reflexe
Augenspiegel
Augenspiel
wimmere verhext
verzaubert
saugst Traubensaft
deine Zunge
schmeckt bitter
unterm Pflaumenbaum.

Möchte fortgehn
der Horizont blüht
ich verglühe
Komet in deiner Nähe
Schweifstern
so fern
wär ich so gern
nahe
wär ich so gern
hier
bei dir.

Lass los Herbst
die Zeit des Sommers
vergeht im Zeitensturm
umtost das Haus
es wechseln alle Tage
die Fenster ihre Richtung
die Wände ihren Stand
steh mir bei Herbstlicht
lass los die Zeit
es stürmt
es faucht
und auf weißem Stängel
schwankt
die Herbstzeitlose.

Vielleicht war auch September
vielleicht an jenem Ort
auch hier im Sand
vergrabene Geschichten
ich sehe nur deinen Rücken
barfuß du und ich
kalt ist der Sand schon
Holz, weiß wie abgeschliffene Knochen
Muschelscherben
mein Haar im Sturm
Träume verzehrt vom Wind
weggetrieben
übers Meer.

Verflogen ist
der Duft der Rose
verblasst die Farbe
doch im Schwinden
in papierner Blässe
kann ich sie noch ahnen
in jedem Blütenblatt
das spröd herabschwebt
und zerfällt.

Was soll mir die Welt
wenn der Hass
Hof hält
lädt ein
dich zu beugen
vor ihm
schenkt dir Lust
verteilt seine Macht
Gesichter
von Fratzen gefressen
Worte ausgefranst
schartige Lippen
vergorenes Blut
rissige Hände
verzerrte Glieder
Bruder, Schwester
find dich nimmermehr.

Häuser wie Kartons
geworfen
auf die Wiese
geworfen auf kiesige Flächen
der Mähroboter surrt
leise, leise
eingepasst in die perfekte Welt
manchmal belästigt uns
das Chaos
es ist nur ein Traum
ein Traum.

Immer noch
versuche ich hinabzusteigen
ins Einst
wenn ich ganz still stehe
Dächer
unterm Geräusch des Windes
etwas Wärme noch
süßer Duft
nur stehen hier
und schauen
schauen
bis ich ein Ding werde
unter Dingen
ungeformte Materie
unentschieden
prickelnde
Erwartung.

Wir hören nicht
wenn der Fuchs lacht
er lacht hinter unserem Rücken
wie sie alle
Krähen grinsen im Nebel
über den kahlen Feldern
Fledermäuse kichern
in den Ritzen unter den Dachziegeln
Ratten schwimmen feixend
durch Abwasserrohre
selbst die Mücken
gickern und glucksen
wenn sie sich in Tümpeln und Pfützen
paaren
wir hören nichts.

Unter den Himmeln
die Geometrie der Stadt
verspannte Linien
steigende Geraden
durchlöcherte Quader
Durchlässe
für Götzen
und für Geister
aus dem Dazwischen
dem höchsten
dem tiefsten
schweigend
und ungerührt
beobachtet uns
die kalte Sonne.

(für Whitmann)
Jetzt erst
fülle ich meine Haut aus
mit Sorgfalt und Genuss
zu Hause
in der Härte meiner Zähne
im grauen Haar
meiner Schenkel Kraft
Schritte sicher und geradlinig
ganz ich
Dichterin des Morgens
voller Würde
fliehe nicht mehr der Zeit
stelle mich hinein
in ihren Fluss
dem Sturm entgegen
schreibend
singend
schreiend, wenn es Not tut.

Jenseits der Barriere
lockt die Nacht
hat alle Posten abgezogen
in der Dunkelheit werden
die Fragen weniger
keine Sterne
keine Antworten
noch hallen die Schritte
dem Tag hinterher.

Ich lebe
zwei
Leben
im Wachen
bin ich klar und licht
liebe mit Verstand
im Traum
wandere ich
durch neblige Niederungen
und suche
dich.

Tage um Tage
kommen
in der Ferne Lichter
es dunkelt schon auf der Heide
heute glüht sie nicht
krähengrau
verendet die Welt
Weltenwende
ich gehe durch die Tage
die Tage gehen
durch mich.

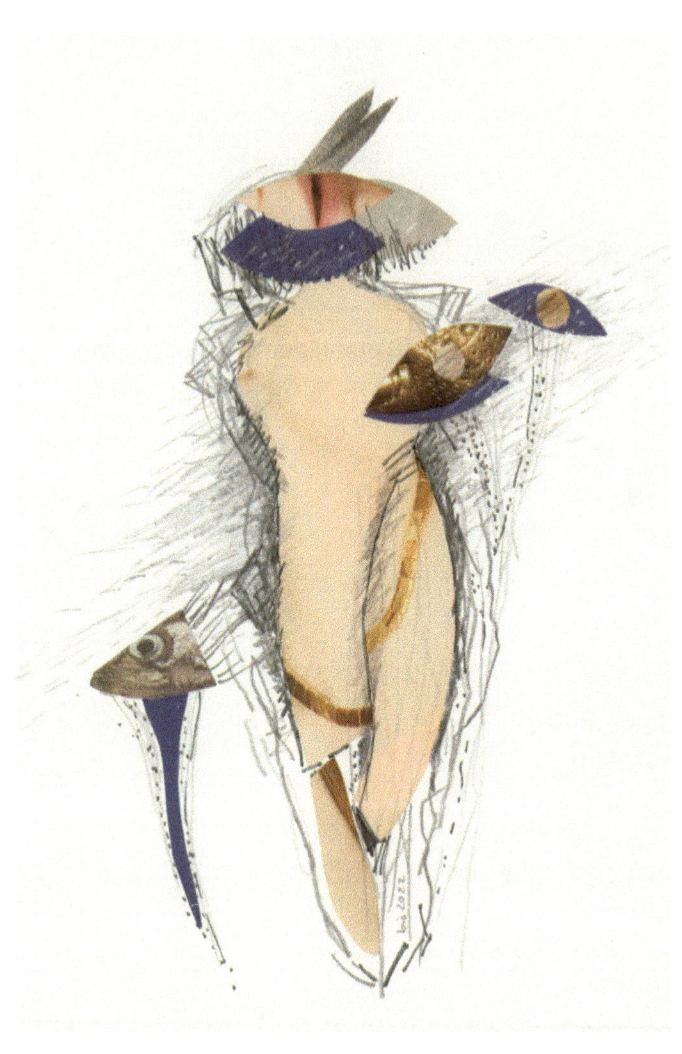

Ich bin nicht dunkel
meine Haut ist nur zu dünn
so dass die Dunkelheit
die uns umgibt
an manchen Tagen
tief ins Herz
mir fällt
sie füllt mich so
mit Nacht
löscht
alle Sterne.

Das kleine Licht
auf meiner Schulter
wo kommt es her
wo will es hin
da spricht es
ich bleib stets bei dir
bin in dir drin.

Ich träume
als wäre es Tag
alles ist, wie es ist
der Schlaf ist dort
wo der große Träumer
mich sucht
ich lasse mich nicht finden
springe durch Reifen
mit brennendem Haar
das ziehende Wasser
löscht meine Augen
der Allesverschlinger
muss warten
ich leuchte weiter.

Die Geräusche der Stadt
verlieren sich
im fallenden Laub
früher Dunkelheit
wir verlassen die Häuser
nur noch selten
und wenn
verschwimmen
unsere Konturen.

Im Gedankencafé
du immer gegenüber
Staub tanzt
bis ich das Fenster öffne
Ungesagtes
ballt sich auf meinem Teller
schlucken
und schweigen
nie nah genug.

Kopflose Krähe
blutiger Federbalg
umkreist der Marder
mein Haus
Schreie durchdringen Wände
schneiden wie ein Messer
den Mond
in zwei Hälften
die helle Hälfte
bemühtes Licht
die dunkle Hälfte
verkohltes Papier.

Sanft errötet
versinken die Fassaden
im Schatten
frostig reifen meine
Abendgedanken
schlagen an Regenrinnen
aus fleckigem Zink
klopfen an Fenster
verhangen mit Decken
mottenzerfressen
Gerede des Tages erhängt
am Dachkasten.

Tag in Kälte geboren
fliegt mein Auge unterm Wind
rosenfarben der Himmel
der Morgen fällt
durch die schwarzen Äste
hart und klar
beißt der Frost sich fest
zwickt in die Wangen
trag in kalten Fingern
die kleine Hoffnung.

Heute Nacht
bist du wieder hier gewesen
warten auf Schnee
wie jedes Jahr
wenn's Glöckchen klingt
du schneist einfach herein
weißt genau
mein Eis ist dünn
zu fassen bist du nie
immer nur ein
Versprechen.

Sie ließ ihn ein
doch er sich nie auf sie
und ging
umkreist sich selbst
als seine eigene
kalte Sonne
auf leichtem Weg
gelb flirren die Blätter
der Birken.

Gespreizt zwischen
Stadtrand und Stadtrand
senkt sich
die Dämmerung
verdeckt Abgründe
löscht das Zwielicht
des Tages
streifen umher
auf der Suche
nach einem
Stern.

Ganz in den Höhen
noch einzeln Blätter zittern
die letzten Früchte
längst im Korb
ein kleiner Baum
streckt trotzig
seine kahlen Äste
in den Wind
es riecht nach Schnee.

In einer Welt ohne Zeit
an einem Ort ohne Stunde
presse ich mein Herz
zwischen zwei Blatt Papier
federrot
graviert mein Mund das Glas
Schnee auf dem Tisch
Schnee in den Augen.

Jeden Morgen
brechen wir auf
rennen und rennen
kein Entkommen
jedoch
verharrend im Moment
der Himmel – kalt –
zwischen den Ästen
sind wir sicher.

Den Abend
still erwartend
stehen Silberreiher
träumend weiß
Flügelschlag
schwingt auf
der alte Strom
versandet
mehr und mehr
versickert teerig
augenlos der Sumpf.

Der Abend kalt
der Himmel hoch
die Stadt gefriert
entlang der Gleise
zwischen Schutt
und Dämmerung
frostklar
unterm Wintermond
dein Wintermund
im Eise.

Purpur glüht
das Auge des Mars'
daneben ritzt der Mond
seine geschärfte Sichel
in die Haut der Nacht
tropft Blut?
Blut tropft
schon leuchten die Ampeln
rot
alles steht still
nur die Wildgänse
füllen mit ihrem Schrei
den Horizont.

Halte das Licht fest
Wunder kommen mit dir
dein Lächeln
mein Leben
und die Nacht wird leuchten.

Du
mein kleiner Sommer, du
du meine Wärme
du mein Licht
dein Gang ist Sonne
dein Duft ist Wald und Garten
und auch Fluss
mein kleiner Sommer, du
wärmst mir das Herz
doch auch
die Füße.

Wenn
nach durchglühten Tagen
der milde Abend
in die Rosenstöcke steigt
küsst jede Rose er
bevor der Nachtwind
sie entblättert
das Geheimnis
das sie hütet
bleibt auch dann
verborgen
denn die Rose
schweigt.

Gedanken
schnipp schnapp
schneid sie ab
wehr sie ab
sind hinter mir her
mein Kopf ist so schwer
laufe und lauf
kann längst nicht mehr
dreh mich im Kreis
mir ist so heiß
bin schon ganz schlapp
treppauf und treppab
gleich
häng ich sie ab
das
war
knapp.

Aufgeraut
verschürft
vergraut
wenn Tage stolpern
Nächte schweigen
will ich dir vertrauen
fielst auf mich wie Morgentau
sah frühen Himmel blauen
auf meiner Stirne steht das Licht
ich will auf dich bauen.

Nachtfrost
Nachtauge verdunkelt
Schritte folgen dem Ruf
hinaus
hinaus auf den See
Blick in Blick verloren
kristalline Haut
überm Abgrund
hält das Eis
im Januar
versinken wir doch
im März.

Der Nebel
hebelt alles Feste aus
macht es weich und fluide
ich werde so leicht
schwebe dahin
eine nebelgraue
Hominide.

Ach du
mein kleiner Garten-Friede
könnte ich deinen Samen nehmen
wie die anderen Samen
ihn streuen
in die Welt hinaus
dass daraus uns
ein großer Friede wachse.

An den Schreien der Toten
tragen die Krähen
schwer
torkelnd übers lichtlose
Firmament
bringen sie sie
bringen sie
hierher.

Mondgewiss
grüßt die Nacht
die letzten Trinker
lost at the supermarket
zu viele Ratten
schlaflos im Gebüsch
doch zu wenig Katzen
so wird unser Schiff
nicht untergehen
heut' noch nicht.

Wieviel Worte
schrieb ich ein dem Tag
hab sie geflüstert
geschrien und
stumm verhandelt
umsonst gesprochen
in Ecken gekehrt
Räume damit ausgekleidet
Sätze zieren die Wände
wie unsichtbare Tapeten
am Fensterglas
haften sie
gezeichnet
in meinen Atem.

Über mir pendelt
der Himmel
die Kronen der Kiefern
stürzen der Sonne entgegen
Augen wandern im Tunnel aus Grün
hinter vibrierenden Bättern
das warme Gurren der Tauben.

Da liegen sie
die stillen Schatten
gestreift der Pfad
noch licht der Wald
suchend geht der Blick hinauf
durch kahle Äste
der Himmel ist ein Zelt
aus Frieden.

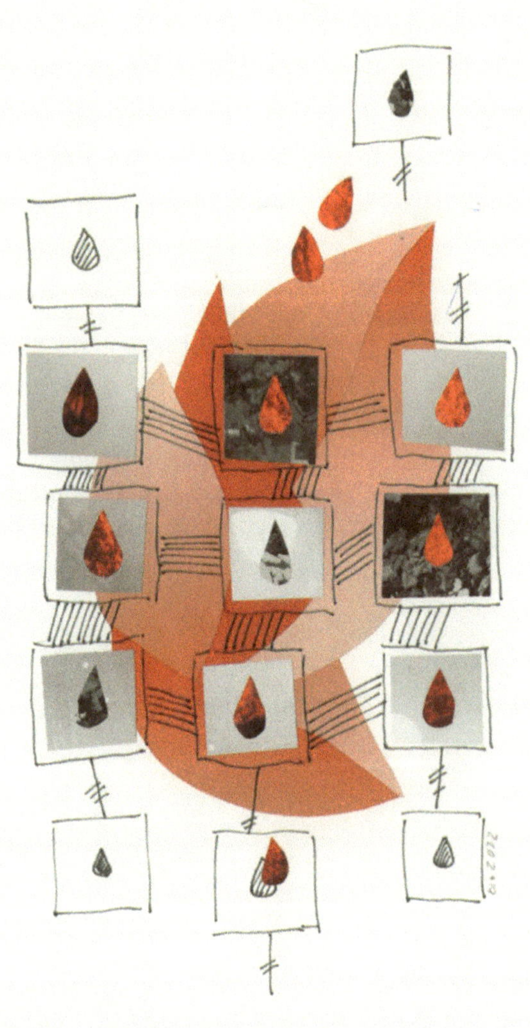

Präsent im Raum
Präsens
Traum
Gegenwart Ich
mir gegenüber
und doch nicht
bin ich im Spiegel
nur ein Bild
das verschwimmt
nähere ich mich mir
verschwindet
was mich bestimmt.

Eisfrei ist mein Herz
wird niemals alt
treibt auf den Wellen
ohne Eile
wählt Ufer aus
wo es rasten kann
mal lange Zeit
mal eine kurze Weile.

Frostig flügelt
schon der Morgen
zwei zärtliche Schmetterlinge
feiern die Wiederkehr
der Schönheit
gelb leuchten die Gesichter
der Narzissen
bis der Tag
sich in die
Abendblässe
neigt.

Ich will dich
halten
an den kalten Tagen
will kühlen deinen Leib
wenn Fieber ihn durchglüht
mit meinem Lächeln
deine Augen streicheln
und reißen dich
vom Abgrund
wenn du strauchelst
schenk dir die Kraft
in meinen Händen
bedingungslos.

Immer schaue ich
schaue wenn's tagt
das Morgengrauen
verfangen in den Büschen
zitternde Flügelchen
im Knallbeerenstrauch
es ist nicht genug
wenn's Nacht wird.

Heimat
ist mir die Sprache
bewohnbarer Planet
in Sätzen trage ich mein Los
nie sprachlos
präzise jedes Wort
Wärme oder Abgrenzung
Nahrung?
Auch das.
Doch immer bei mir
die Angst
dass ich sie
eines Tages
verlier.